AF282914

Título: *¿Qué le pasa a mis amigos?*

© Cristina Covadonga Moutas

I. S. B. N: 978-84129104-3-8

Depósito legal: SA-428-2024

Ediciones Tantín
C/ Camilo Alonso Vega, 10. 39007 Santander
edicionestantin@edicionestantin.com
www. edicionestantin.com

Impreso en España - Printed in Spain

Cris de María es la autora e ilustradora de este pequeño cuento lleno de sabiduría. Su andadura por la vida ha sido un tanto interesante. Su infancia estuvo llena de sueños, dibujos y cuentos... Se hizo mayor y estudió la carrera universitaria de Psicología. Durante unos años se dedicó a ello, pero había una luz en su cabecita que no le hacía sentirse conforme. Después de dar un cambio de agujas en su vida, se replanteó su situación laboral y recordó sus sueños, dibujos y cuentos, ¡estaban más vivos que nunca! Así que decidió volver a usar después de tanto tiempo el lápiz, la goma, ¡los colores! y la imaginación, empezar de nuevo y ser ella misma. Además; en su corazón se encuentra su inspiración y en él viven Jesús, María (de ahí su nombre artístico) y José, guiándola en todo momento.

Este proyecto surgió cuando Antonio Nicolau le propuso escribir un cuento sobre su libro *El origen de todas las enfermedades* ya que pretendía que su esencia llegara a todo el mundo ¿Acaso un pequeño relato no es una gran manera? Así que; querido lector, disfruta de la lectura, que aunque no es muy larga, tiene un tesoro escondido.

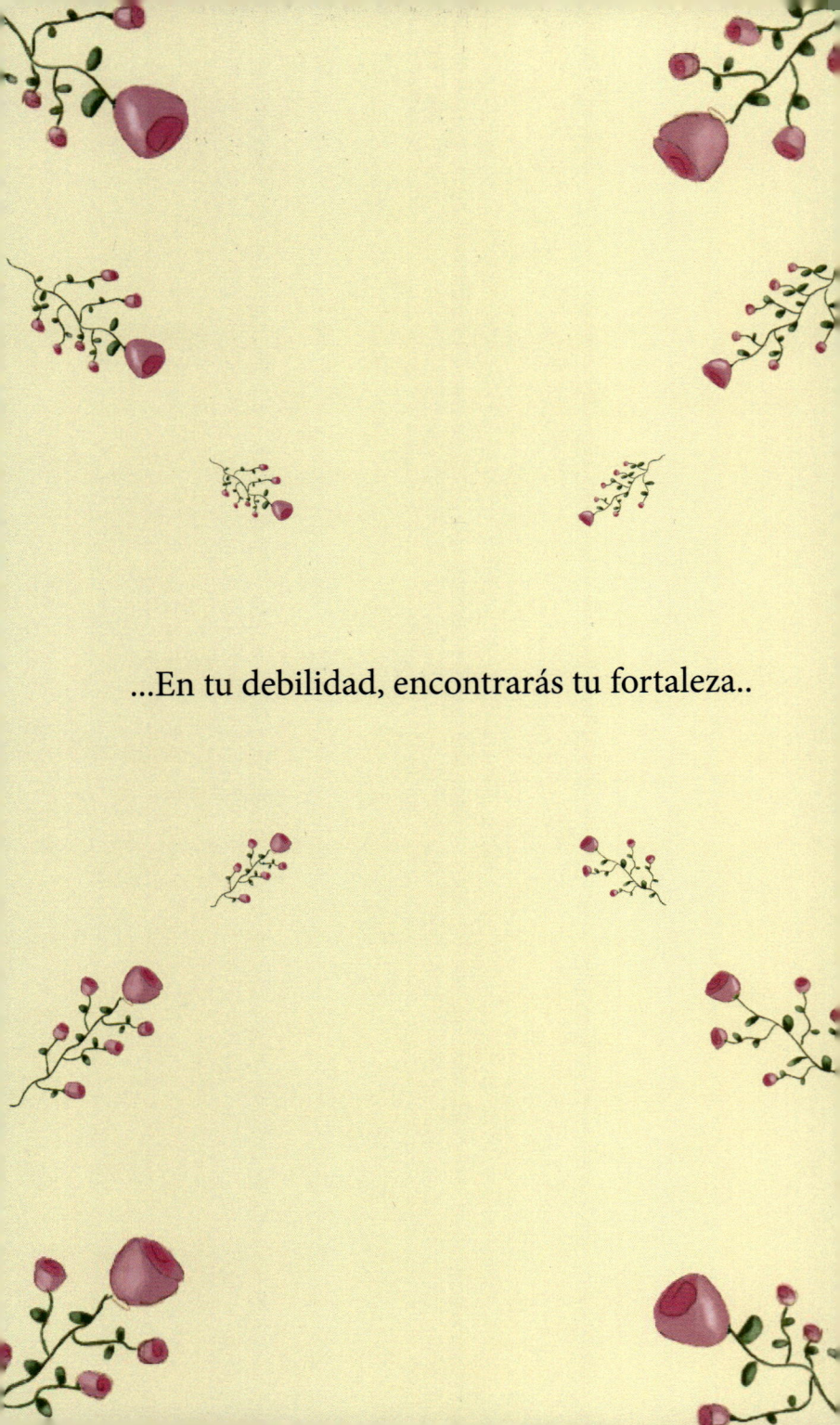

...En tu debilidad, encontrarás tu fortaleza..

Érase una vez...

...un pequeño ratoncito que vivía en el tronco del árbol más alto y bonito del parque, su nombre era Nico.

En su casita tenía un montón de libros, de los cuales disfrutaba leyendo junto a la ventana acompañado de una buena taza de té.

Aunque era feliz en la paz de su hogar, también lo era con sus amigos, una familia que acudía al parque para pasar un rato agradable al aire libre.

Ellos lo llamaban -"¡Sal, Nico!"- y él acudía corriendo con toda su alegría, sabiendo que iba a pasar grandes momentos en los columpios con los niños o charlando con los padres.

Llenos de energía y vitalidad, disfrutaban de las
alegrías de la vida, inmunes, fuertes y resistentes.
Eran la pura expresión de la armonía, transmitían
una luz cautivadora con su manera de vivir y
compartir con los demás.

Después de cada jornada, antes de acostarse, daba
gracias a Dios por esta buena y gran compañía.

Un buen día, a causa de la llegada de una fábrica
al lugar, los habitantes y miembros de las familias
empezaron a trabajar allí. Consideraban que era una
gran oportunidad para mejorar económicamente y
dar a sus hijos una mejor vida.

Los amigos de Nico dejaron de venir al parque, extrañaba mucho su compañía y empezó a preocuparse. Sabía de sus ocupaciones pero no era normal en ellos no acudir ni un sólo día a la semana, así que decidió ir a su casa.

Cuando llegó, decidió mirar por la ventana, que
estaba abierta. Desde la calle se oía mucho ruido y
quería ver que era lo que estaba sucediendo.

Al llegar a la repisa de la ventana pudo ver a los
padres discutiendo, hablándose de una manera muy
desagradable; nunca los había visto comportarse así.
Los veía agitados, nerviosos, incluso sus caras no
parecían las mismas.

Después, Nico, fue en busca de los niños y los encontró también como nunca los había visto, con síntomas de una gran ansiedad: miedo e inseguridad, hiperactividad, llanto, ira y desánimo.

Mientras observaba, nadie se había dado cuenta de
su presencia y de la misma manera que llegó, se fue.
Se encontraba totalmente impactado y una pregunta
no paraba de rondar en su cabeza:
¿Qué les pasa a mis amigos?

De repente, levantó la vista y vio a lo lejos, en un banco,
a la madre de la familia llorando desconsoladamente.
El corazón de Nico se rompió aún más
y acudió rapidamente hacía ella
para intentar consolarla.

Ella, cuando notó la presencia de su pequeño amigo, lo abrazó con gran agradecimiento. Empezó a contarle todo lo que estaba sucediendo y cómo la enfermedad se estaba apoderando de cada miembro de la familia.

Nico decidió acompañarla a casa y visitar a los demás.
No pensaba que las cosas pudieran empeorar desde la
última vez que los vio, y menos que pudieran
enfermar. Otra vez se preguntaba:
¿Qué les pasa a mis amigos?

Cuando llegaron a la casa, la primera imagen que
tuvo fue la del padre sentado en el sofá delante del
televisor, totalmente imbuido, bebiendo una cerveza.
Hacía poco le habian diagnosticado una úlcera
gástrica y eso se notaba en su rostro.

Los niños sufrían cada uno una enfermedad diferente también: asma infantil, jaquecas, amigdalitis, dermatitis y bronquitis. Además; el que no estaba bebiendo un refresco, estaba comiendo chuches, una costumbre que antes no tenían.

La madre solía ser una persona muy alegre pero la situación había cambiado su carácter, se encontraba sin esperanza y cansada. Le habían diagnosticado una depresión antes de encontrarse en el parque con Nico.

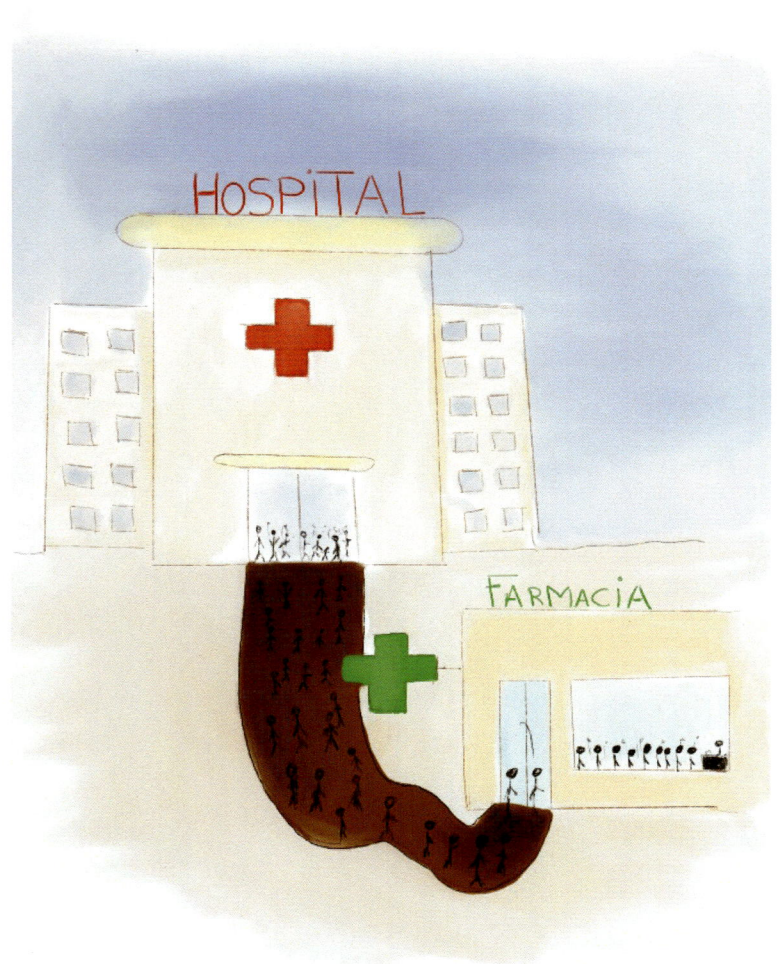

Resultaba que no sólo le estaba sucediendo todo esto
a sus amigos, si no que, otras muchas familias sufrían
diversas enfermedades, algunas muy graves.
El hospital y las farmacia tenían cada día más
pacientes que atender o dispensar medicación.

Nico se encontraba completamente abrumado,
necesitaba el recogimiento de su habitación como cada
noche, pero esta vez su oración sería muy diferente,
ya que sólo le repetía a Dios:
"¿Qué les pasa a mis amigos?
¿Cómo puedo ayudarlos?"

A la mañana siguiente, inexplicablemente, Nico se
levantó con un gran ánimo y lucidez. Lo tenía claro, se
sumergiría en los libros de su biblioteca hasta encontrar
la solución a todo lo que estaba ocurriendo. Había
heredado una buena cantidad de volúmenes sobre
medicina humana.

Poniéndose manos a la obra, fue consultando uno por uno los libros de su biblioteca. Poco a poco fue descubriendo que los estresores parecían ser la clave, pero había millones de ellos y ninguno explicaba del todo porqué sus amigos estaban enfermando. Hasta que un día, por fin, descubrió algo de lo que nadie se había dado cuenta.

El cerebro tenía una "herida". Esta herida no era un
estresor más como los otros. Era el peor de todos.
Esta herida nacía por un miedo vital, que mantenía
el organismo en un estrés constante que lo debilitaba.
Ocurría entonces que al estar tan débil,
surgían las enfermedades.

Todo encajaba, todo tenía sentido, por fin encontraba algo de lógica, ya sabía lo que le estaba pasando a sus amigos. Ahora empezaba una nueva etapa, debía encontrar cómo abordar el problema: extinguir el miedo y cicatrizar hasta hacer desaparecer esta herida del cerebro.

Nico volvió a sus libros para buscar la manera. Entre
página y página, a veces, se tomaba un descanso y se
acordaba de cuando iban todas las tardes al parque
y lo bien que lo pasaban, -"¡quién pudiera volver a
atrás!"- pensó Nico . Ocurrió que justo después una
nueva luz se encendió.

"¡La fábrica!"- exclamó Nico - Les habían prometido
que conectándose a ella, encontrarían una vida mejor,
una prosperidad, pero en realidad era una fábrica
de estrés, ¡les habían engañado! Esta conexión había
creado un mundo artificial que les estaba
succionando su salud.

"¡Debo decírselo a mis amigos!¡Tienen que saber la
verdad!"- Ellos no se daban cuenta, ese sútil engaño
les tenía absorvidos de tal manera que no eran
capaces de ver lo que estaba ocurriendo. Así que Nico
se dirigió lo antes posible a su casa para comunicarles
su gran descubrimiento.

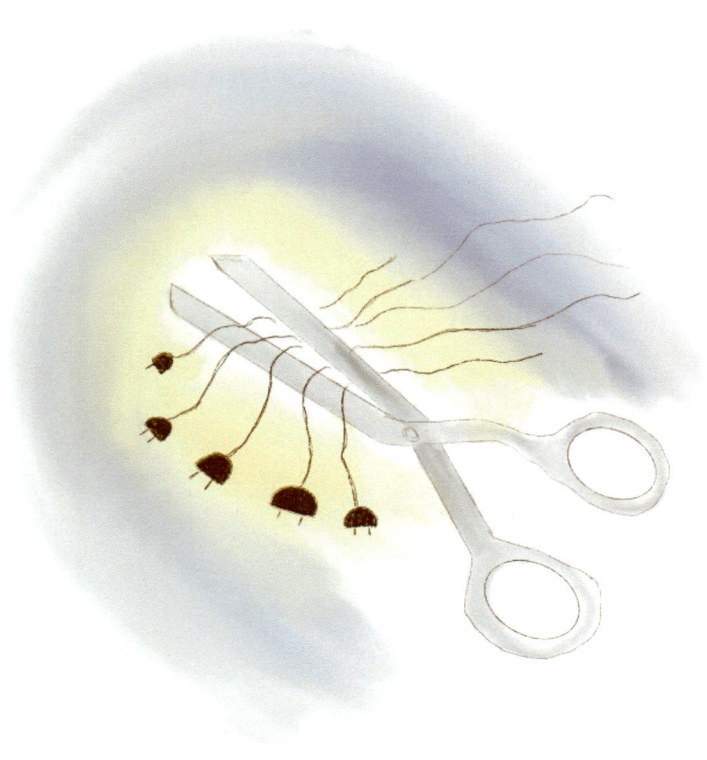

Ellos escucharon atentamente su explicación. A pesar
del dolor de saberse engañados, sintieron alivio por
conocer por fin lo qué realmente estaba pasando.
Tocaba decidir cómo actuar a partir de ahora, cómo
romper esa terrorífica conexión.

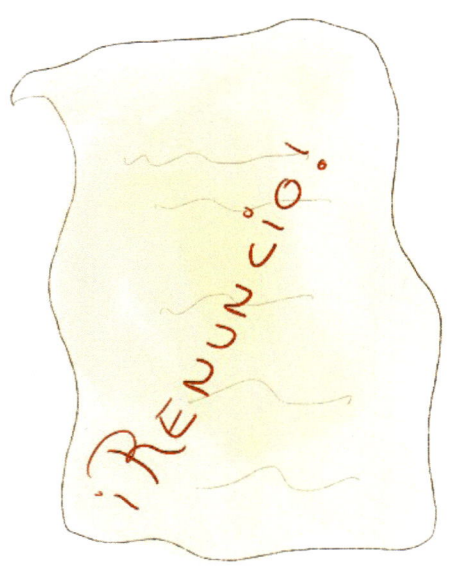

Dándole vueltas, llegaron a la primera acción que
tenían que tomar para romper todo vínculo: dejar de
ir a la fábrica. Ésta, había sido muy astuta jugando con
su anhelos y miedos para controlarlos, para que nunca
se plantearan abandonarla, pero la verdad venció todo
plan malévolo y estaban totalmente decididos a no
trabajar más allí.

La segunda era curar todas sus heridas provocadas
por la horrible fábrica de estrés, es decir, tratar todas
sus enfermedades, abandonar todos esos malos
habitos adquiridos, volver al principio y retomar el
plan original.

Abandonar los malos habitos significaba recuperar los buenos, y entre ellos estaba ¡volver al parque y disfrutar de la compañía de Nico! Volver a esas charlas productivas y divertivas, compartiendo comida casera sentados en el césped y jugando hasta la puesta de sol.

Poco a poco, las demás familias del lugar iban también desconectando de la fábrica de estrés gracias al ejemplo de los amigos de Nico. Todos volvieron al parque y sus vidas volvieron a tener esa calidad que habían perdido.

Por fin, después de mucho tiempo, Nico dejó de sentir
preocupación y esa noche volvió a darle gracias a
Dios por la inmensa luz que le había dado y lo bien
que había salido todo.
Sin su apoyo no hubiera sido lo mismo.

Y colorín, colorado...¡este cuento se ha acabado!